U0031482

小可愛聖誕工廠

小心願★大訂單🎁超級任務

王家珍 著
詹廸薾 繪

聖誕老公公首席助理的悄悄話

從小在天主教家庭長大，澎湖的住家和教堂只隔了一條窄巷。我們家通往二樓的樓梯間，有個窗戶，窗外有道矮圍牆。我們家小孩常常從那裡爬出窗戶，排排坐在圍牆上，雙腳跨越窄巷，擱在神父辦公室的鐵窗上，聆聽羅神父播放聖樂和古典音樂。

羅神父只要看到我們，都會跟我們招手，還會從鐵窗遞糖果或餅乾給我們。

羅神父是義大利人，這些糖果餅乾都是他從義大利帶回來的，濃濃的異國風味，吃進嘴中、化在心裡，那絕妙的好滋味，總能引領我們神遊義大利。

每年十二月二十四日，吃過晚餐，我們就在教堂和家裡來來去去，跟爸爸、媽媽報告子夜彌撒準備進度，也幫羅神父、姜修女和毛伯伯準備彌撒事項。

子夜彌撒結束，已經深夜十一點多了。習慣九點上床睡覺的孩子們，在床上輾轉反側，吱吱喳喳聊著彌撒種種，分享每個人拿到的聖誕禮物。

爸爸、媽媽在樓下肯定聽見閣樓上孩子們的騷動，但是他們沒有出聲阻止，讓我們在聖誕夜盡情歡笑玩耍。

冬日的澎湖暗夜，屋外冷風咆哮，五燭光小燈泡照不亮狹窄的閣樓，幾個孩子雖然變不出什麼把戲，但是無限的想像力，早把我們帶到天涯海角。

聖誕節一大早，我們又跑到教堂玩耍，趕著參加「天明彌撒」，如果前一晚禮物沒發完，羅神父會再多發給我們一份。

接下來是聖誕節八日慶典，教堂氣氛熱鬧滾滾。對我們家孩子來說，這八天

的快樂滿足度跟春節差不多，只差沒有紅包！

我在這樣的氛圍長大，自然把聖誕節銘刻心底。

小時候兒童讀物少，沒聽過、也沒見過聖誕老公公，當然也沒有人警告我們，調皮的孩子會拿不到聖誕禮物。因為，不論我們乖不乖，都有禮物。

每年聖誕夜，我們都可以從神父手中拿到聖誕禮物。神父總是微笑著說，這是小耶穌託他轉送的禮物。

拿到禮物，心中滿滿感謝，乖巧幾分鐘後，我們繼續調皮搗蛋。

長大以後，才知道聖誕老公公的種種傳說。

雖然和聖誕老公公相見恨晚，卻跟他相當有緣。每當我讀到「很有感覺」的聖誕節故事，腦海中充滿奇妙畫面時，總會特別興奮——那代表我拿到一張「北極特快車」的車票，當晚就能在夢中抵達北極，造訪聖誕老公公和聖誕工廠。

在一次一次造訪北極的過程中，我很幸運的跟聖誕老公公成為「麻吉」、跟忙著做禮物的小精靈交朋友、餵辛苦拉著飛天雪橇的馴鹿吃草料，聽聖誕老公公述說趕場送禮物的神奇經驗、幫他記錄各種牛奶口味的心得報告、分析摻著各種餡料餅乾的幸福指數……

當我第十次造訪北極的聖誕工廠，聖誕老公公熱情邀請我當首席助理，收錄在本書裡的幾個故事，就是我當聖誕老公公首席助理時期發生的故事。

〈小可愛聖誕工廠〉裡的小精靈糖糖是我的好朋友，他跟我說，小可愛許下的小心願，是他當小精靈以來，收到最大的訂單，簡直就是超級任務，差點害他不能去澳洲度假。

糖糖和這個超級任務，現在已經變成北極的傳說了。

〈聖誕島〉發生在我的家鄉——澎湖。

澎湖有九十座島嶼，其中很多都是無人島。每次搭飛機回澎湖，從飛機上往下看，總會在一望無際的蔚藍海水上，看到很小的無人島。

海浪打在無人島岸邊，激起一圈雪白浪花，美極了。

這樣的小島在聖誕夜會發生怎樣的故事呢？

聖誕老公公尿急時怎麼辦呢？

只有身為聖誕老公公首席助理的我，才會知道「花生省魔術」！

〈老浣熊傻哩瓜瓜的聖誕禮物〉這個故事的角色又多又可愛，劇情超級複雜，我花了好多時間才弄清楚，並且記錄完整。

這個故事我很喜歡，有好幾年聖誕節，我把小精靈的名字改成學生的名字，再把故事做成手工小書，送給我的學生當做聖誕禮物。

學生看到自己變成小精靈，都很害羞，趕緊把故事收進書包，就連看我一眼都會臉紅。

在〈最棒的聖誕卡〉這個故事裡，麗莎貓因為最要好的朋友買了好多卡片，卻沒有一張是買給她的而傷心。她生氣難過之後才反省到，她從來沒有寫卡片給任何人，包括她最好的朋友，還用「沒有零用錢沒辦法買卡片」當做推拖的理由，啊！真是太難堪了！最後，在聖誕老公公首席助理的「明示」與「暗示」之下，麗莎貓終於想到不花錢的好辦法。

可愛的〈紅毛聖誕猴〉是我送給侄子小約的聖誕禮物，〈神奇的聖誕晚會〉主角是平平，也是我的侄子，這兩個故事就發生在我們家。聖誕老公公首席助理當久了，我的生活當然也更加多彩多姿，充滿神奇力量。

這幾個故事，讓我看見願望的美好，見證聖誕夜的奇蹟！希望這幾個故事，能讓你讀在眼裡、樂在心裡，腦海中充滿神奇夢幻的畫面，拿到「北極特快車」的車票、造訪故事裡的場景。

今年聖誕節，別忘了許下你的小心願，最好是一個會讓小精靈煩惱的大訂單，最後要勞煩聖誕老公公親自出馬的超級任務。

如果，你也搭上「北極特快車」，可以來找我，我的特別貴賓席是6車24號。

目錄

1 小可愛聖誕工廠

大頭寶和小可愛是「北極熊幼兒園」同班同學，大頭寶頭很大，小朋友取笑他是「大頭怪」，他一點也不在意；小可愛眼睛很大，小朋友都說她是「大眼怪」，她每次聽到都很難過。

十二月一日慶生會，老師切好蛋糕，一人發一塊，輪到小可愛的時候，討厭鬼阿非大喊：「大眼怪來喔！來拿蛋糕喔！」

老師說：「阿非，不要欺負同學！小可愛來前面拿蛋糕，別理他！」

小可愛點點頭，沒說話，她好難過，眼淚一滴又一滴，好像溜滑梯，從臉頰滑落，她低著頭坐在位子上，動也不動，大頭寶幫她領蛋

糕，還幫她倒一杯蘋果汽水。

下課鐘聲響起，同學們嘻嘻哈哈跑出教室玩耍，討厭鬼阿怪故意跑到他們身邊，吐舌頭、做鬼臉說：「羞羞臉，男生愛女生；羞羞臉，男生女生配，哈哈哈！」他一邊跑出教室、一邊怪叫，只留下大頭寶和小可愛。

大頭寶想盡辦法安慰小可愛，要她別哭，小可愛邊哭邊說她哥哥也這樣笑她，說她的眼睛比牛眼睛還大。

小可愛哭得一把眼淚一把鼻涕，大頭寶只好拿出絕招，轉移小可愛的注意力，他說：「聖誕節快到了，我請聖誕老公公為你設立專屬聖誕工廠，無論你想要什麼禮物，你的專屬聖誕工廠都會做出來。」

小可愛問：「真的嗎？你認識聖誕老公公？你看過他嗎？」

大頭寶說：「聖誕老公公是我的麻吉，他聽到我說這句話的瞬間，專屬聖誕工廠就已經蓋好，準備開始做禮物了，你可以開始許願想要什麼禮物，聖誕老公公一定會做給你。」

小可愛問：「就算我不乖，是全天下最頑皮的小女生，也可以許願嗎？」

大頭寶說：「如果你不乖，這個世界就沒有乖小孩了，你想要什麼禮物都可以許願。」

小可愛說：「真的那麼好？我要做些什麼來感謝聖誕老公公呢？」

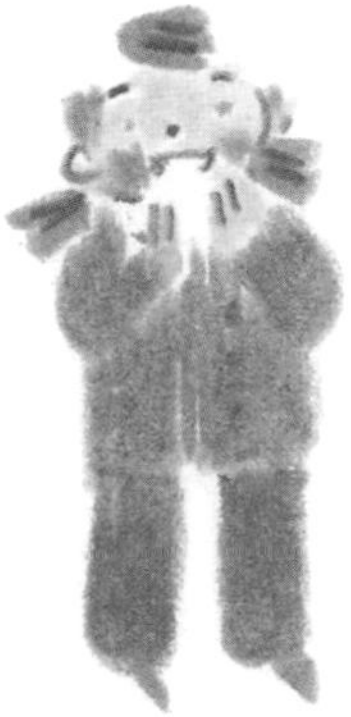

大頭寶說：「你只要寫一張卡片，寄給聖誕老公公，祝福他聖誕快樂就好了。」

小可愛伸出小指頭說：「沒問題，打勾勾。」

大頭寶也伸出小指頭，兩根小小、短短、胖胖的指頭，勾在一起、蓋印，確認這件事。

大頭寶把兩手圈在嘴巴旁邊，做成大聲公，面向北方，大聲喊：「聖誕老公公，你要給小可愛蓋專屬聖誕工廠，她要什麼禮物，你都要做給她，你要做給她最棒、最特別的聖誕禮物喔！」

大頭寶說出來的每個字，化成風、超越音速、往北極奔去，從聖誕老公公的煙囪進到聖誕老公公辦公室，變成一顆顆小鈴鐺，在地上滾來滾去。

幾個小精靈正在幫聖誕老公公回信，聽到小鈴鐺叮叮噹噹響，都露出詭異的笑容。

聖誕老公公說：「你們幾個小頑皮，一副神祕兮兮的表情，想跟我說什麼？快說！」

小精靈真真說：「是你自己規定的，面對北極、大聲說出聖誕願望的人，都會如願以償，你得兌現承諾。」

「那是我桂圓薑母茶喝多了，太過興奮，隨口亂說的玩笑話，沒想到居然有小孩子這樣做。」

聖誕老公公捋捋鬍子，叫他們把小精靈糖糖叫來：「糖糖每天都說工作無趣、生活無聊、生命沒有意義，讓糖糖把廚房旁邊的小儲藏

室，布置成專屬聖誕工廠，那個叫做小可愛的女生，腦袋裡想要什麼特別的聖誕禮物，那個訊息就會伴隨著鈴鐺的響聲，傳進糖糖腦袋瓜，他就得負責做給她。」

小精靈糖糖聽到聖誕老公公的命令，非常生氣。讀幼稚園大班的小女生哪會要求什麼特別的禮物？她們的小腦袋瓜只想得到「洋娃娃」，會說話的洋娃娃、穿新娘禮服的洋娃娃、會跳舞的洋娃娃……幫這種年紀的小女生做禮物，根本是浪費寶貴的時間。

小精靈糖糖在小儲藏室門上掛個牌子，寫上「小可愛聖誕工廠」幾個字，坐上小搖椅搖啊搖，等待訊息。

第一天，沒有任何訊息傳來，小精靈糕糕端著熱巧克力和香蕉蛋糕來探班，看到糖糖正呼呼大睡：「糖糖，你怎麼在偷懶？萬一小可愛許願，你沒收到，沒把禮物做出來，你就倒大楣了。等聖誕節過去，大家都到澳洲度假，你就得留守在北極！」

糖糖說：「這個小可愛，根本沒許願。她沒許願，我就不需要專心等待，浪費寶貴的時間。」

糖糖和糕糕對坐，吃香蕉蛋糕、喝熱巧克力。糖糖才把最後一大口香蕉蛋糕塞進嘴巴，清脆的鈴鐺聲響起，他嚇得差點兒被香蕉蛋糕噎住。

「訊息來了，小可愛許願了。」糖糖說。

「她許什麼願望？嚇你這麼一大跳。」糕糕問。

糖糖拿起木頭和雕刻刀，說：「小可愛幫她的朋友大頭寶許願，希望聖誕老公公送他一個戴草帽的青蛙木偶當作聖誕禮物。」

糕糕說：「不過是做一個戴草帽的青蛙木偶，瞧你嚇的。」

糖糖說：「小可愛有那麼好的機會幫自己要一大堆洋娃娃當聖誕

禮物，她偏不那麼做，反而幫朋友許願，要一個戴草帽的青蛙木偶，這是什麼怪禮物？」

糖糖手藝好，嘴巴雖然碎碎念不停，兩隻手輕鬆做好戴著草帽、穿吊帶褲的青蛙木偶。

糕糕看了好喜歡，也跟糖糖要了一個穿吊帶裙的青蛙木偶。

第二天，小精靈嘎嘎端著奶茶和藍莓派來探班，看到糖糖的小工作桌上有幾十個可愛的巧克力薑餅娃娃，手上拿著特大號棒棒糖。

「這是小可愛跟聖誕老公公許願的禮物嗎？」嘎嘎問。

「沒錯！她昨晚看電視，聽到高山上的幼兒園，二十六位小朋友

希望在聖誕節拿到好吃的薑餅娃娃，就請聖誕老公公給那些小朋友送好吃的薑餅娃娃。不給自己許願，專門許一些怪願望，真是奇怪的小孩。」

糖糖和嘎嘎通力合作，裝飾薑餅娃娃，一個幫男娃娃綁上紅領結；一個幫女娃娃別上愛心髮夾，用的都是最高級的草莓醬。

第三天清晨，糖糖穿著睡衣、歪戴著睡帽，跑到聖誕老公公臥室敲門，大喊：「聖誕老公公，小可愛發瘋了！」

聖誕老公公睡眼惺忪、呵欠連天：「現在才幾點？吵什麼呢？」

糖糖把小可愛剛剛傳來的訊息，一字不漏告訴聖誕老公公，聖誕老公公要糖糖召集所有的小精靈，立刻到聖誕工廠集合，有要緊的事情宣布。

糖糖搖搖頭說不可以，他那個小可愛專屬聖誕工廠空間太小，大家都擠進去肯定會爆炸！

聖誕老公公說：「發生這麼重大的事，當然是讓大家到大聖誕工

廠集合，快去。」

聖誕老公公請糖糖上臺跟大家報告，他說：「小可愛聽老師說世界上有很多可憐的難民小孩，於是她向聖誕老公公許願，讓所有流離失所的難民小孩，都可以收到好玩的玩具、巧克力、棒棒糖和可愛小卡片。你們大家說，小可愛是不是發瘋了？」

——聖誕節迫在眉睫，小可愛竟然下了這麼一張超級大訂單！她一定是發瘋了。

——她的願望真大，糖糖一定會做到手斷掉，小可愛肯定發瘋了。

——所有難民小孩都要聖誕禮物，有吃有玩還要卡片？糖糖一定做不出來，小可愛絕對發瘋了。

除非……

大家都不說話，盯著聖誕老公公和糖糖瞧。

糖糖說：「我一定做不出那麼多禮物，今年聖誕節過後的澳洲旅遊，我就不去了。」話才說完，糖糖就哇哇大哭。

聖誕老公公安慰他，小可愛是對聖誕老公公許願，不是對糖糖許願，要他別急，別哭，但是糖糖卻哭得更大聲。

好幾個小精靈圍上去，給他巧克力、土耳其軟糖和布朗尼蛋糕，他一邊哭，一邊收下禮物。

「雖然時間緊迫，但我們可是聖誕老公公專屬聖誕工廠，沒有我們做不出來的禮物，對不對呀？」聖誕老公公跟小精靈喊話。

小精靈芮芮說：「我們現在就開始做禮物，我最會做聖誕老公公造型巧克力球。」

小精靈安安說：「我做的泰迪熊軟糖是世界第一好吃。」

小精靈田田說：「我做的木刻版畫卡片最能安慰人心。」

小精靈佳佳說：「我畫的可愛卡片每個孩子都愛不釋手。」

小精靈茵茵說：「我寫的卡片最有激勵人心的效果。」

小精靈君君說：「我做的胡桃鉗娃娃有特殊力量，會帶給人們幸福和平安。」

小精靈寬寬說：「我把糖糖的眼淚收集起來，剛好可以

製作超棒的催淚墨水。」

小精靈一個接著一個開始工作，聖誕老公公拿起最愛的桂圓薑母茶，走進辦公室，他有非常重要的事情要辦。

聖誕夜來臨了，不管是北半球、南半球或是赤道附近，所有孩子都收到可愛的禮物，所有相信有聖誕老公公的大人，也收到可愛的禮物。

流離失所的難民小孩，也因為小可愛為他們許下的願望，而收到了精美的禮物：既有得玩、又有得吃、還有美麗的小卡片，寫著激勵他們的話，大家拿到禮物都好開心。

夜深人靜、一輛摩托車噗噗噗，來到大頭寶臥室窗外，把他吵醒。

大頭寶翻個身子，剛好看到聖誕老公公，小心翼翼把他用心調配的桂圓薑母茶喝掉，接著又從禮物袋裡拿出禮物，放在床邊小桌上，除了小可愛為他許的願望——草帽青蛙木偶，還有聖誕老公公特別為他精心製作的電動火車組，嘉許他為小可愛許了專屬聖誕工廠的願望。

大頭寶常常作怪夢，看到聖誕老公公，以為自己又作夢了，他跟聖誕老公公招招手，翻個身，又繼續睡覺。

聖誕老公公接著來到小可愛家，他端詳小可愛的睡容、欣賞牆上的十多張相片、把小可愛為他準備的熱巧克力喝光光，最後才拿出小精靈們為小可愛特別製作的聖誕禮物。

猜猜看，小可愛拿到什麼禮物呢？

洋娃娃？不對，小可愛不喜歡洋娃娃。

文具禮盒組？不對，小可愛已經有三套文具禮盒組。

美麗新衣服？不對，小可愛已經有太多衣服。

大家都猜不到小可愛喜歡什麼，只有大頭寶知道這個答案，早就寫信告訴聖誕老公公這個祕密——一座巧克力小山，和美麗的胡桃鉗娃娃。

聖誕節一大早，小可愛一醒來就看到床邊那座金光閃閃的巧克力小山，和精緻美麗的胡桃鉗娃娃。

金色包裝紙裡有牛奶巧克力、核桃巧克力、榛果巧克力、綜合水果巧克力、薄荷巧克力……小可愛太興奮了，一個不小心，碰倒了巧克力山，大大小小的巧克力嘩啦啦散落一地，小可愛撲上去，抱著胡

桃鉗娃娃在巧克力堆裡打滾。

傍晚，小可愛在床邊小桌子抽屜裡，發現聖誕老公公特別為她準備的禮物——三張旅遊券。

聖誕老公公收到她寄去的感謝卡了！

卡片中除了感謝的心意，小可愛還透露自己最想要的聖誕禮物——拜訪聖誕老公公。

聖誕老公公送給她三張旅遊券：一張是去阿里山看櫻花開；一張是搭火車環島；一張是參觀北極的聖誕工廠！

這三張旅遊券，陸續成為小可愛成長過程中，最美好的回憶。

2 聖誕島

一座沒有名字的小小珊瑚礁，座落在淺淺的海峽。

漲潮了，海浪淹沒小小珊瑚礁，他在海水裡咕嚕咕嚕冒著氣泡；退潮了，海浪呼嘯著退開，小小珊瑚礁冒出頭來。

櫛風沐雨、披星戴月，冒險飛越大海的鳥兒，在一片汪洋中看到小小珊瑚礁，好像看到久違的家鄉，迫不及待降落在他的懷抱，歇歇腳、梳梳羽毛，把小小珊瑚礁當成臨時的家。

小小珊瑚礁喜歡這些鳥兒，總是會準備一些小海螺、海藻、小魚小蝦，讓這些又餓又累的鳥兒可以填飽肚皮，補充體力。

海鳥聊天的時候，話題非常多樣，但是，海鳥偶爾會提到聖誕老

公公、提到寫卡片給聖誕老公公、提到許願、提到禮物、提到聖誕奇蹟……

雪白浪花拍過小小珊瑚礁的大小凹洞，嘩啦嘩啦、淅淅唰唰、轟隆轟隆唱著歌。

小小珊瑚礁把想對聖誕老公公說的話，唱給海鳥聽，希望海鳥飛到聖誕老公公身邊，唱給聖誕老公公聽。

這樣一來，聖誕老公公就可以帶來聖誕奇蹟，滿足小小珊瑚礁的小小願望。

年復一年，小小珊瑚礁滿懷希望等待。

年復一年，小小珊瑚礁看著自己的等待成空。

有一年聖誕夜，聖誕老公公帶著小精靈逗逗和小精靈點點，駕著雪橇飛越無垠大海的時候，突然尿急，好想上廁所。

沒人討論過聖誕老公公上廁所這個問題，其實，聖誕老公公在鑽石王國的聖母院、紅寶石王國的國家音樂廳、小矮人王國的圓頂會議中心都有豪華的專用洗手間，聖誕夜雖然漫長，但是聖誕老公公有這些地方可以方便解放，真是貼心又巧妙。

難道是聖誕老公公出門前，多喝了幾杯桂圓黑糖薑母茶？或者聖

誕老公公年紀大了？怎麼會還沒到達這些中繼點，就在這無垠大海上、就在小小珊瑚礁上空，突然想上廁所。

聖誕老公公說：「我尿急。」

小精靈逗逗和小精靈點點嚇了一跳，他們以為聖誕老公公看穿他們的心事，知道他們尿急，故意說反話來考驗他們。

逗逗要聖誕老公公忍耐一下，雪橇很快就會穿越大海，抵達曲奇餅乾國的王宮，布置得高雅宜人的廁所。

「可是，我真的很急。」聖誕老公公說。

小精靈點點提議大家猜謎聊天、玩紙牌，分散注意力，忘記想要上廁所。

聖誕老公公勉強同意：「好吧！記得提醒我，明年出門送禮物之前，一定要在雪橇裝個洗手間，就像那些大飛機一樣。」

小精靈點點說：「不行不行！我們的雪橇精緻小巧，沒有地方裝廁所。」

聖誕老公公說：「我沒辦法再忍了，快要爆炸了，剛剛在黃金國家公園，真不應該喝那幾杯巧克力榛果牛奶！」

小精靈逗逗說：「前方遙遠的岸邊就是曲奇餅乾國了，請你忍耐忍耐再忍耐！」

聖誕老公公點點頭。

強勁的東北季風，一波接一波，呼嘯而過，雪橇被吹得東搖西擺，聖誕老公公既要憋尿，又要隨著雪橇左右搖晃，真的好為難！俗話說的好，自助而後人助、人助之後天助，聖誕老公公智商一八一，當然明白這個道理。

他低頭祈禱，請親愛的小耶穌，幫他快速找到可以上廁所的好地方，別讓他尿褲子。

一道閃電照亮天空！

雪橇晃了一下，馴鹿看到小小珊瑚礁！

小精靈逗逗和小精靈點點同時伸出食指，他倆也看到小小珊瑚礁！

聖誕老公公眼力超級棒，只用眼角餘光就瞄見無垠大海上的小小珊瑚礁，他毫不猶豫，叫逗逗和點點抓緊扶把，並指揮馴鹿，迅速降落在小小珊瑚礁上。

聖誕老公公跳下雪橇，找到三塊大礁石中間的隱密小空地，解決小便這件大事。

然後，他轉過身，一臉輕鬆、滿懷歉意、對小小珊瑚礁深深一鞠躬，說：「抱歉！跟可愛的小小珊瑚礁初次見面，居然是在這樣的場面，真不好意思，請接受我誠摯的歉意。」

小小珊瑚礁沒有回答，陣陣海浪打上來，刷過岸邊礁石，發出嘩啦嘩啦、淅淅唰唰、轟隆轟隆的聲音。

聖誕老公公聽到這個熟悉的聲音，驚喜的說：「原來是你！每一年，海鳥都把你的願望送來，但是沒講你在哪裡，要不是因為我尿急……」

小精靈逗逗說：「就是這座小小珊瑚礁島嗎？」

小精靈點點說：「沒錯！你聽他唱的歌就知道。」

陣陣海浪打上小小珊瑚礁，發出嘩啦嘩啦、淅淅唰唰、轟隆轟隆的歌聲，聖誕老公公聽得真切，開心的說：「這一定是小耶穌送給我最棒、最特別的聖誕禮物，我們一定要留下來，吃完小點心再走。」

聖誕老公公拿出草料袋，掛在馴鹿脖子下，自己拿出聖誕老婆婆做的「北極特製聖誕餐包」，小精靈逗逗和點點也拿出「精靈餐包」吃了起來。

幾顆馴鹿吃的綜合穀粒，從齒縫中散落，鑽進石頭縫隙，生根發芽、瞬間長大，成為茂密的草叢，迎著東北季風左搖右擺。

聖誕老公公說：「呵呵呵，小穀子瞬間長成茂密草叢，這真是奇蹟呀！來來來，我們也來做點小事，讓小小的珊瑚礁『島』充滿大大的聖誕奇蹟。」

千萬年來，小小珊瑚礁都認為自己只是珊瑚「礁」，而不是「島」，聖誕老公公金口玉言，說他是珊瑚礁「島」，他受寵若驚。

陣陣海浪打上小小珊瑚礁，刷過岸邊礁石，發出嘩啦嘩啦、淅淅唰唰、轟隆轟隆的聲音。

聖誕老公公拿出十幾棵模型聖誕樹，放在地上，風兒呼嘯吹過，模型聖誕樹變成真的聖誕樹！

小精靈逗逗和點點拍手叫好：「聖誕老公公好厲害！」

聖誕老公公擺擺手，說：「這只是序曲，請繼續觀賞精采好戲。」

他把毛線織成的迷你槲寄生纏在聖誕樹枝上，風兒呼嘯吹過，迷你槲寄生就變成真的槲寄生！

聖誕老公公又拿出三個模型房屋，往平坦地上一擺，快速後退幾十步，風兒呼嘯吹過，三個模型房屋變成真的房子，門可以開、窗戶可以拉動，家具都很齊全，

連書架上也擺著書，糖果罐裡還有好多糖果餅乾！

聖誕老公公問：

「怎麼樣，我做得不錯吧？」

小精靈逗逗說：

「嗯，是不錯。不過，真正的小島，一定要有燈塔。」

「誰說的？很多小島都沒有燈塔，這個小小珊瑚礁島沒有燈塔，更顯神祕。」聖誕老公公偶爾也喜歡跟小精靈抬抬槓。

聽到聖誕老公公再度說出珊瑚礁「島」，小小珊瑚礁開心極了，海浪打上來的時候，他發出喜悅的嘩啦嘩啦聲、開心的淅淅唰唰聲、激動的轟隆轟隆聲。

小精靈逗逗和點點從不跟聖誕老公公抬槓，他們喜歡聖誕老公公，尊敬聖誕老公公，也了解聖誕老公公，知道他喜歡聽溫柔的話。

小精靈點點說：「幫助聖誕老公公解決重要大事的小小珊瑚礁島，是最完美的島嶼，最完美的島嶼應該要有燈塔，才能被大家看

見。」

聖誕老公公知道點點在拍他的馬屁，他喜歡大家拍他馬屁，小精靈逗逗和點點喜歡燈塔，他們認為小小珊瑚礁「島」應該也想要有燈塔作伴，聖誕老公公決定如他們所願，當作送給他們的聖誕禮物。

他從背包拿出燈塔模型，放在小小珊瑚礁最高的地方，風兒呼嘯吹過，小小的燈塔模型，變成大大的燈塔，放射出明亮的光束，照亮小小珊瑚礁島和附近海面。

51　聖誕島

聖誕老公公笑著說：「呵呵呵，Merry Christmas！聖誕快樂！」

小精靈逗逗和點點牽著手，繞著聖誕老公公跳舞，馴鹿搖晃大大的頭，脖子上的鈴鐺，叮噹叮噹響。

聖誕老公公說：「好啦，吃飽喝足玩透透，該啟程送禮物去了。」

小精靈逗逗和點點拉著聖誕老公公衣角，跟他說了幾句悄悄話。

聖誕老公公聽完，從背包拿出一塊門牌，掛在其中一棟房子門上，牌子寫著「聖誕老公公之家」，接著，他又拿出另外一塊門牌，掛在另外一棟房子門上，這是「小精靈木屋」，當然，「馴鹿旅館」也沒漏掉。

聖誕老公公從口袋掏出一把聖誕婆婆用紙摺的愛心，拿到嘴邊念念有詞，然後把這些愛心灑在小小珊瑚礁島上。

小精靈逗逗、小精靈點點和馴鹿對看好幾眼，他們都知道這是聖誕老公公送給小小珊瑚礁島最棒、最特別的聖誕禮物。

聖誕老公公拍拍手、捋捋鬍子，問大家：「我還有沒有漏掉什麼？」

「沒有，沒有，什麼都沒有漏掉，我們可以離開了。」小精靈逗逗和點點異口同聲的說。

於是，馴鹿載著聖誕老公公、小精靈逗逗和點

點，往上飛騰，繼續下一個行程。

經過幾個小時，到了漲潮時候，在小小珊瑚礁歇息的鳥兒，也照往例準備離開。奇怪的是，這次潮水沒有淹沒小小珊瑚礁，他好端端站在海上。

聖誕奇蹟真的發生了，小小珊瑚礁因為聖誕老公公、小精靈逗逗、點點和馴鹿來造訪；因為聖誕老公公送給他最棒、最特別的聖誕禮物，變成永遠矗立在大海的小小珊瑚礁島！

小小珊瑚礁年復一年的小小願望，終於在今年大大的實現了。

從此以後，小小珊瑚礁成為真正的小島，再也不用擔心漲潮的時

候，被海水淹沒。

附近海面上工作的漁民也有好福氣，只要發生危險，小小珊瑚礁島的燈塔射出強力光束，總能指引他們上岸。

漁民登上小小珊瑚礁島，看見聖誕樹林，看見島上的房屋，又看見房屋的門牌上寫著聖誕老公公之家、小精靈木屋和馴鹿旅館，都嘖嘖稱奇，汪洋大海中，怎麼會有聖誕老公公、小精靈和馴鹿住的房子呢？

島上明明沒有人，可是廚房卻有熱騰騰的飯菜、香噴噴的咖啡和香甜可口的小蛋糕，真是太神奇了！

漁民在島上度過驚喜的平安夜晚，回到家後，把看見的景象告訴家人朋友，說茫茫大海中有個小小的珊瑚礁島，島上有聖誕老公公之家、小精靈木屋和馴鹿旅館，是世外桃源、人間仙境！

說也奇怪，專程開了船，去尋找傳說中的聖誕老公公島，反而都找不到他的蹤影。

每年聖誕夜，聖誕老公公總會來這座小小珊瑚礁島走走看看，歇歇腳、喘口氣，發禮物給海鳥和海龜。

於是，這座神祕溫馨的小小珊瑚礁島，就被大家稱作——聖誕島。

3 老浣熊傻哩瓜瓜的聖誕禮物

當太陽光從南回歸線北移、當北風愈來愈強、當天氣愈來愈冷，聖誕節的氣氛也愈來愈濃！

聖誕老公公神采飛揚、精力充沛、興致盎然的督促小精靈努力工作，務必準時做好所有的禮物。

當然，給聖誕老公公的信件和卡片，也像往年一樣，隨著白皚皚的雪花湧進北極。

鈴鈴鈴、鈴鈴鈴，響著清脆鈴聲的郵政雪橇載來一大車信件，領頭小精靈約瑟夫指揮大家出去迎接。

駕駛雪橇的北極熊郵差和小精靈通力合作，卸下好幾大包信件，北極熊郵差大聲喊：「車上還有一封超級大卡片，我拿不動，你們快來幫忙！」

小精靈絹絹說：「北極熊郵差連任七屆北極健美先生冠軍，渾身上下都是會跳動的肌肉球，竟然有他拿不動的超級大卡片？難以置信，快去看看。」

小精靈嘉嘉爬上雪橇，看到一張超級大卡片，不知道哪個郵筒塞得下這張卡片？不知道它是怎麼寄來的？不知道它是怎麼被搬上郵車的？

大夥兒七手八腳，好不容易把卡片搬下車，小精靈源源大喊：「聖誕老公公，快出來看這張超級大卡片！」

聖誕老公公笑呵呵走出來，小精靈花花急著把事情經過告訴聖誕老公公。

嗎？
心國的浣熊，很冒昧寫
，迎接聖誕節，我們舉全國
，都盡全力布置。可是，老
呱，就是不肯幫忙，他既懶惰，
從來不洗澡。更噁心的是：他吃東
，竟然不洗手也不洗食物。
因為我們「浣」美全「熊」又愛乾淨，大
稱作「浣熊」。可說，懶惰又骯髒的嘰哩
呱呱，是不是污辱了浣熊的美名？
最過分的是，老浣熊嘰哩呱呱每天都命令我
們玩遊戲給他看；命令我們做各式各樣的小
禮物和小玩具送給他；命令我們跳草裙舞和
土風舞逗他開心；命令我們和他一起享用食
物，煩死了！
最讓人難以忍受的是，當老浣熊嘰哩呱呱命
令我們做這些事情，我們好像被植入晶片，
一個口令一個動作，沒辦法拒絕，真是奇怪
到了極點。
現在，我們五十隻浣熊，一起寫這張卡片給
您，希望您給那隻老浣熊嘰哩呱呱一份特別
的聖誕禮物——讓他得到食物充沛的無人島
，永遠從我們身邊消失。唯有他消失，我們
才能成為有尊嚴的浣熊。
為了表示我們的誠意，我們願意放棄我們「
珍藏」的禮物，並且在下面簽名：
浣熊小小可，我自願放棄電動玩具。
浣熊小小噹，我自願放棄凱蒂貓布偶。
浣熊小小捷，我自願放棄姆米布偶。
浣熊小小康，我自願放棄愛瘋X玩具手機。
浣熊小小寶，我自願放棄綜合水果口味馬卡
龍禮盒。
浣熊小小貝，我自願放棄大耳狗造型鬆餅機
。
……

聖誕老公公左手捋著鬍子，右手摸著大大的啤酒肚，指揮小精靈把卡片攤在地上，自己爬上高大的聖誕樹，看看卡片上寫些什麼：

親愛的聖誕老公公，您好嗎？

我們是來自黃金國家公園的浣熊，很冒昧寫這封信給您。為了迎接聖誕節，我們黃金國家公園中的浣熊，都盡全力布置。可是，老浣熊傻哩瓜瓜，就是不肯幫忙，他既懶惰，又骯髒，從來不洗澡。更噁

心的是：他吃東西前，竟然不洗手也不洗食物。

正因為我們「完」美全「能」又愛乾淨，才被稱作「浣熊」。您說，懶惰又骯髒的傻哩瓜瓜，是不是汙辱了浣熊的聲名？

最過分的是，老浣熊傻哩瓜瓜每天都命令我們玩遊戲給他看；命令我們做各式各樣的小禮物和小玩具送給他；命令我們跳草裙舞和土風舞逗他開心；命令我們和他一起享用食物，煩死了！

最難以忍受的是，當老浣熊傻哩瓜瓜命令我們做這些事情，我們好像被植入晶片，一個口令一個動作，沒辦法拒絕，真是奇怪到了極點。

現在，我們五十隻浣熊，一起寫這張卡片給您，希望您給那隻老浣熊傻哩瓜瓜一份特別的聖誕禮物——讓他搬到食物充沛的無人島，永遠從我們身邊消失。唯有他消失，我們才能成為有尊嚴的浣熊。

為了表示我們的誠意，我們願意放棄我們應得的禮物，並且在下面簽名：

浣熊小小叮，我自願放棄電動玩具。

浣熊小小噹，我自願放棄凱蒂貓布偶。

浣熊小小健，我自願放棄嚕嚕米布偶。

浣熊小小康，我自願放棄愛瘋X玩具手機。

浣熊小小寶，我自願放棄綜合水果口味馬卡龍禮盒。

浣熊小小貝，我自願放棄大耳狗造型鬆餅機。

……

看完這封卡片上的五十個簽名，聖誕老公公快要凍僵了，他爬下聖誕樹，小跑步進屋，坐在火爐前，喝了一大杯熱熱的桂圓薑母茶。

他知道北極熊郵差怕熱，而且還有很多信件要遞送，就不請他進來坐，但是讓小精靈沛沛泡一壺冰涼的菊花茶招待北極熊郵差。

北極熊郵差喝一大口，說：「好涼快呀，我最喜歡涼爽的寒冬，出發囉！」他駕駛郵政雪橇往東方繼續前進，有好多箱寄給愛斯基摩人的包裹要送，他很好奇，那幾個沉甸甸的、好像裝著石塊的郵箱，到底裝了什麼？

聖誕老公公問小精靈達達說：「你記不記得，前年我們也收到一張超級大卡片？」

「我記得，那時候為了把那張卡片搬下北極熊郵差的雪橇，也把大家累得半死，我的腰扭傷了，儒儒的腳趾頭被卡片砸中，腫得像棒球那麼大，跛了好幾個禮拜。」小精靈達達回答。

小精靈儒儒說：「是啊，那時候用的拐杖，還掛在我房間牆上，大家都在拐杖上簽了名，我捨不得把拐杖丟掉。」

「真是惜福愛物的儒儒，給你五張妙精靈貼紙。達達記憶力好，也給你五張。」聖誕老公公接著問：「那張超級大卡片，我怎麼記不起來收在哪個倉庫呀？」

小精靈文文說：「前年天候異常，流星特別多，屋頂被一顆小隕石砸破一個大洞，你要我們拿卡片蓋住那個洞。」

聖誕老公公說：「哦？拿超級大卡片來修屋頂，想不到我這麼聰明。不過，我又得爬上屋頂去，才能看到那張卡片囉！」

小精靈緯緯說：「那有什麼困難的？聽說全世界最會爬屋頂的人，就是聖誕老公公你呀！」

聖誕老公公吐吐舌頭，扮了個鬼臉，喝光第二杯熱熱的桂圓薑母茶，爬上屋頂去察看卡片。

聖誕老公公坐在自家煙囪上，拿支大掃把，把屋頂上的雪掃開，露出一張超級大卡片，他清清嗓子，開始念卡片：

親愛的聖誕老公公，您好。

我是住在黃金國宗公園的帥哥浣熊傻哩瓜瓜。您知道嗎？黃金國

家公園那麼大，動物那麼多，卻只有我一隻浣熊。沒有同伴陪我探險、沒有同伴陪我吃喝玩樂、沒有同伴陪我頑皮搗蛋，再這樣下去，我就會變成有幻想症，整天自言自語的憂鬱浣熊。

請你給我五十隻浣熊同伴，當作聖誕節禮物，我要一隻浣熊小小叮，每天陪我打電動。浣熊小小噹，每天陪我玩凱蒂貓布偶。浣熊小小健，每天陪我玩嚕嚕米玩偶。浣熊小小康，每天跟我講手機。浣熊小小寶，每天陪我吃美味馬卡龍。浣熊小小貝，每天做大耳狗鬆餅，和我一起喝下午茶……

聖誕老公公念完這封卡片，嘆了一口氣，爬下屋頂，跑進屋子，坐在火爐前，喝掉第三杯熱熱的桂圓薑母茶。

小精靈緣緣說：「原來這些來告狀的浣熊，就是幾年前你送給老浣熊傻哩瓜瓜的聖誕禮物，禮物告主人的狀，還許願讓主人消失，真好笑！」

小精靈諾諾說這件事很簡單，只要把老浣熊傻哩瓜瓜變不見，馬上大功告成。

聖誕老公公不同意，這五十隻浣熊都是他送給老浣熊傻哩瓜瓜的

聖誕禮物，怎麼能反客為主，犧牲主人呢？

小精靈芝芝提議在這五十隻浣熊的腦中植入晶片，讓他們無條件尊敬老浣熊傻哩瓜瓜，並且聽從老浣熊傻哩瓜瓜的話，不再胡亂抱怨，更不可以有把老浣熊傻哩瓜瓜變不見的念頭。

聖誕老公公不同意，在腦袋植入晶片是很可怕的行為，如果陪伴在身邊的都是一些唯唯諾諾的馬屁精，傻哩瓜瓜應該會寧願寂寞。

領頭小精靈約瑟夫叫大家看聖誕老公公的表情笑咪咪，一副胸有成竹的樣子，一定有絕佳的點子，只是不肯說出來。

小精靈紛紛拍手起鬨，喊著：「說出來，說出來，把你的好主意說出來。」

聖誕老公公說：「當初老浣熊傻哩瓜瓜寫信來要求聖誕禮物，不是說黃金國家公園中只有他一隻浣熊嗎？後來的浣熊，都是我變出來的，他們沒見過初生的小浣熊。不如，我們把老浣熊傻哩瓜瓜變成可愛的浣熊寶寶，讓所有的浣熊一看到他，就瘋狂愛上他，心甘情願為他做一切事情，怎麼樣？」

小精靈包姆說：「這樣一來，可憐的老浣熊既不會寂寞，那五十隻浣熊也會心甘情願的為主人服務，不必放棄他們應得的禮物，我們辛苦了一年所做的禮物也能順利的送出去，這叫一舉三得。」

小精靈凱羅說：「對，誰都無法抵抗小寶寶的魅力，老浣熊只要變成可愛的浣熊寶寶，大家都會無條件愛著他，忍受他，幫他把手和食物洗乾淨，不再挑他的毛病。」

聖誕老公公說：「好好好，既然你們提起一舉三得，我有個好主意。」

小精靈瑋瑋說：「快說，你有什麼好主意？」

聖誕老公公說：「一加三不是等於四嗎？我想出一舉三得的好主意，可以喝第四杯熱熱的桂圓薑母茶了。」

小精靈全都笑成一團，和聖誕老公公一起工作，真是一件愉快的事。

聖誕老公公讓小精靈都回到工作崗位上，他也走進辦公室，從懷裡拿出一張老浣熊傻哩瓜瓜前幾天寄來的卡片，這兩年他都會寄卡片來，感謝聖誕老公公送給他那麼好的聖誕禮物，他好喜歡那五十隻小浣熊，跟他們過著幸福快樂的日子，開心又滿足。

老浣熊傻哩瓜瓜收到喜歡的聖誕禮物之後，每年都寫卡片來感謝聖誕老公公，他知足又感恩，真是太可愛了，聖誕老公公好喜歡他，一定要送給他和五十隻可愛小浣熊，最棒、最特別的聖誕禮物。

聖誕節大清早，黃金國家公園的浣熊們還沒起床，就聽見奇怪的哭聲從溪邊傳來，他們循著哭聲跑過去，看見一隻好可愛的浣熊寶寶，躺在溪邊的泥巴地上放聲大哭，身邊放著好多禮物。

腦筋轉得比較快的浣熊，馬上跑到老浣熊傻哩瓜瓜的窩裡，看看他還在不在？

他們滿臉疑惑衝出去、滿臉興奮衝回來，喊著：「不見了，不見了！老是愛命令我們做事的老浣熊傻哩瓜瓜不見了，聖誕老公公收到我們的卡片，幫我們趕走討厭的老浣熊傻哩瓜瓜，真是太棒了！」

浣熊小小興說：「老浣熊傻哩瓜瓜不見了，來了這隻可愛的迷你浣熊寶寶，聖誕老公公好聰明、好厲害。」

浣熊小小如跪在浣熊寶寶前面，摸著他的臉說：「瞧他這副可愛的模樣，迷死我了，我愛死他了。」

浣熊小小快說：「呸呸呸！不要講不吉利的話。」

浣熊小小樂抱起嚎啕大哭的浣熊寶寶，拍拍他，寶寶依偎在他懷裡撒嬌，發出滿足的咕嚕聲音。

浣熊小小果樂歪了：「咱們黃金國家公園總算有浣熊寶寶了！老浣熊傻哩瓜瓜說，浣熊寶寶討厭又麻煩，愛哭又貪玩，最好永遠都不要有，可是你們看，這隻浣熊寶寶，多可愛。」

幾十隻浣熊搶著抱浣熊寶寶，要不是浣熊小小喜伸出強壯的雙手護住，浣熊寶寶早就被大家抓傷了。

浣熊們決定輪流照顧可愛的浣熊寶寶，因為五十天才能輪到一次，每隻浣熊都使出渾身解數對浣熊寶寶好，包容他所有的缺點。

聖誕節一大早，莫名其妙變成小寶寶的老浣熊傻哩瓜瓜，又驚慌又害怕，哇哇大哭！

接下來，心愛的五十隻浣熊為了「老浣熊傻哩瓜瓜」消失蹤影而開心歡呼，狠狠的傷了他的心，讓他哭得更悲慘。

最後，五十隻浣熊輪流抱著他，輪流對他說溫柔體貼的話，讓他破涕為笑，窩在每一隻浣熊的懷裡，開心又滿足。

他很聰明，馬上了解這是聖誕老公公送給他，最棒、最特別的聖誕禮物。他決定什麼話都不說，任憑五十隻浣熊好好愛他、疼他、照顧他。

浣熊寶寶慢慢長大，長得跟老浣熊傻哩瓜瓜一模一樣。

他什麼事都不想做，沒關係，其他浣熊心甘情

願為他服務，幫他做每一件事。

他不愛乾淨不洗澡，沒關係，其他浣熊開心看他弄得全身髒兮兮，再幫他洗澡，洗得香噴噴。

他吃東西以前，不肯把東西洗一洗，

沒關係，其他浣熊等在旁邊，搶著為他洗，洗好了之後，再餵他吃。

他們自願玩遊戲給他看；自願做小玩具給他玩；自願跳一整天草裙舞逗他開心；自願無微不至的照顧他，因為他是他們心愛的浣熊寶寶，他們好愛他。

有一天，當他們終於想起來應該給他取個名字的時候，他們左思右想，想破了頭，總算想出一個好棒的名字——浣熊傻哩瓜瓜。

繞了一大圈，事情圓滿的回到原點，老浣熊傻哩瓜瓜笑得開心又滿足。

4 神奇的聖誕晚會

「溫馨的聖誕夜，聖誕老公公從煙囪溜下來，躡手躡腳走進客廳，不吵醒任何人，把聖誕禮物放在聖誕樹下，再從煙囪爬上屋頂，坐上馴鹿拉著的雪橇，豪邁飛走。」

平平趴在地毯上看聖誕老公公故事書，看到這段，好奇心大起，他把家裡上上下下、裡裡外外檢查一回，都沒找到煙囪。

家裡沒有煙囪，聖誕老公公要怎麼進來送禮物、吃餅乾、喝牛奶呢？

難道聖誕老公公會開鎖？不對，那是小偷和鎖匠才會做的事。

難道聖誕老公公會爬牆？那可不行，冬天深夜風很大，爬牆太危險，掉下去會摔成肉餅，被蟑螂和老鼠搬回家。

難道聖誕老公公會跳傘？不對，就算他跳得很精準，不會跳到旁邊公寓樓頂。問題又回到原點，聖誕老公公沒有鑰匙，要怎麼進來？

繞了一大圈，這個問題還是沒有答案，乾脆去問大人好了。

爸爸正忙著用電腦修圖，平平問他：「爸爸，你知道聖誕老公公要怎樣進來我們家嗎？」

爸爸愣了一下，眼睛瞄

到左邊牆上的小壁虎，說：「他想進來就進來啦！不然你去問牆上那隻壁虎怎麼進來的？爸爸買給你的那本《雙鼠記》看完了嗎？」

平平回答：「快了，剩下十分之九，我去把它看完。」

每次爸爸不知道該怎麼回答時，就會先反問一個平平難以回答的問題，再緊接著問另一個問題轉移焦點。爸爸明明知道平平還沒看完《雙鼠記》，昨晚兩個人還一起看了幾頁呢。

平平又跑去問正在寫心理測驗的媽媽：「我們家沒有煙囪，聖誕老公公怎麼進來我們家？聖誕老公公進不來，怎麼送禮物給我？」

媽媽轉頭看到左邊書架上的小蜘蛛，打了一個大大的呵欠，說：

「你別擔心，聖誕老公公有魔法，才有辦法在一個晚上做那麼多事。你功課寫完了嗎？好寶寶才要擔心聖誕老公公怎麼進來！你看書架上那隻小蜘蛛，不知道在那裡住多久了？哎呀！今天忙了一天，累得無法思考，好睏，好想睡！」

平平回答：「我的功課早就寫完了，當然是好寶寶。」

每次媽媽不想回答平平的問題，總是胡謅一通岔開話題，大絕招是裝累、裝睏，有時候還真的睡著了。

為什麼爸爸、媽媽都不回答煙囪的問題？

為什麼爸爸、媽媽都不說清楚，究竟聖誕老公公是怎麼進來的？

該不會連爸爸、媽媽都不知道答案吧？

如果大人不說，我只好寫信問聖誕老公公！

平平邊看故事書、邊寫信給聖誕老公公，除了煙囪的事，他還問了幾個聰明有趣的問題。

平平沒跟爸爸、媽媽說他寫了這封信，自己貼好郵票，地址就寫「北極聖誕老公公」，投進紅色郵筒。

平平預計三天後就會收到聖誕老公公的回信，但是他等了十幾天，都沒等到回信，該不會是馴鹿肚子餓，把信當成點心吃掉了吧？

十二月十五日，爸爸、媽媽和平平把聖誕樹立起來，在樹上掛滿漂亮的裝飾品和聖誕燈飾。

看著高大的聖誕樹，平平決定，如果聖誕夜之前，聖誕老公公的回信都還沒寄來，他要躲進樓梯下的儲物間，透過掛滿飾品的樹枝細縫，偷偷觀察聖誕老公公從哪裡進來放禮物？

聖誕夜，平平一家三口吃過晚餐就到教堂參加子夜彌撒，回到家的時候已經深夜十一點，今天過了充實開心的夜晚，大家都累了，睡前故事只好跳過，快速洗澡、匆匆刷牙，很快就進房間睡覺。

十一點四十五分，平平輕輕打開房門，他身上披著小毛毯、背著手電筒、抱著點心和水壺，從房間偷偷摸摸溜出來，躲進聖誕樹後面、樓梯底下的儲物間。

平平不小心碰著一顆小鈴鐺，小鈴鐺發出「叮鈴！」巨響，嚇得平平心臟差點兒停止跳動！

萬一爸爸、媽媽被吵醒，所有的計畫就功虧一簣。

等了五分鐘，爸爸、媽媽都沒出來，可見他倆今晚很累，已經在夢中搭乘太空船，去火星旅行，跟外星人開狂歡晚會，不會出來攪局了。

平平縮著身子躲在樓梯底下，邊吃邊喝邊等待，等了又等，等了好久，聖誕老公公都沒出現。

平平吃飽喝足，又累又睏，裹著小毛毯，窩在幾袋衛生紙中間，決定先瞇上眼睛休息一下下，很快就會睜開眼睛監視

聖誕老公公。

沒想到幾秒鐘之後，平平就呼嚕呼嚕睡著了。

平平的家沒有煙囪，聖誕老公公有絕招，他不用爬牆、不用跳傘，也不用像小偷一樣開鎖，客廳牆壁上突然出現一個開口，開口愈來愈大，變成壁爐，聖誕老公公從神奇的壁爐爬了出來！

聖誕老公公躡手躡腳走到客廳小桌子旁，把薑餅人餅乾收進口袋、咕嚕咕嚕把牛奶喝光，接著走到聖誕樹下，把禮物擺好。

聖誕老公公繞過聖誕樹，打開樓梯下儲物間小門，平平正在打呼嚕、吹鼻涕泡泡。

聖誕老公公從口袋掏出一張卡片，塞進平平睡衣口袋，說：「這是給你的回信，因為你提出有想像力的問題，我要送給你最棒、最特別的聖誕禮物。」

他幫平平穿上紅外套、戴上帽子、套上靴子，又用食指在他的眉心畫了一個愛心。

平平累了一整天，睡得天翻地覆，如果他知道聖誕老公公幫他畫的是全世界最棒、最特別的神奇愛心，一定會高興得飛上天。

清晨兩點，平平醒來，伸個懶腰，迷迷糊糊爬起來往前走，哎喲！差點被腳上穿著的怪鞋子絆倒！

平平瞬間清醒，發現頭上戴著聖誕帽、臉上長出白花花的大鬍子、身上穿著聖誕老公公紅色大外套、手上拿著聖誕拐杖糖、腳上穿著帥氣黑色靴子。

平平變成聖誕「老」公公啦！

「原來我就是聖誕老公公？這是怎麼一回事？」平平鎮定下來，窩回衛生紙堆，想把事情搞清楚。

書上說聖誕老公公很會變魔術，如果我是聖誕老公公，會怎麼做？

如果我是聖誕老公公，一定要讓家裡那隻兇巴巴的星星貓，變成可愛、黏人的溫柔貓。

如果我是聖誕老公公，就請爵士樂隊來家裡演奏好聽的聖誕音樂。

如果我是聖誕老公公，就叫披薩店和麵包店外送臘腸起司披薩、炸雞和烤雞，還有黑森林巧克力蛋糕，請親朋好友來吃到飽。

如果我是聖誕老公公，要招待大家好喝的紅豆QQ芋圓湯，搭配巧克力豆餅乾。

如果我是聖誕老公公，要把全家人都變成小孩，一起參加熱鬧的聖誕晚會。

好，就這麼決定，平平依照故事書上的指示，把聖誕拐杖糖指向聖誕樹上的「聖誕之星」，說：「變變變！」

平平的話才說完，客廳的燈光全部亮起來、門鈴叮叮咚咚響起，美味的披薩送來了；可口的蛋糕送來了；七隻貓咪組成的爵士樂隊跳進來；伯父、伯母拿著汽水和水果跟著爵士樂隊走進來。

爸爸拿著零食從房間出來；媽媽端著紅豆QQ芋圓湯從廚房出來；大姑姑拿著洋芋片和土耳其軟糖從大門進來；二姑姑從樓上抱著溫柔可愛的星星貓下來；爺爺和奶奶也

PARTY

帶著笑容從房間跳到客廳。

平平的好朋友，小鯊魚和金針菇也帶來樂高玩具和大富翁遊戲。

大家都變成天真活潑又可愛的小孩，跟著樂隊旋律和節奏唱歌、跳舞、聊天、下棋、吃點心、喝紅豆QQ芋圓湯。

平平是這場聖誕派對的主角，拿著聖誕拐杖糖到處指，被他指到的東西都變成另外一種樣子：

餐桌旁邊掛著的〈最後的晚餐〉畫像，耶穌和十二位門徒都變成小孩子走出來，講故事給大家聽。

書架上每一本書的主角都變成拇指大的小精靈，跟大家玩躲迷藏、玩一二三木頭人、玩大風吹、玩紙牌……

貓頭鷹造型時鐘掙脫掛勾，在客廳飛來飛去。

抽油煙機變成什麼呢？

哎呀，抽油煙機變成煙囪啦！

平平跑到煙囪下察看，沒想到真正的聖誕老公公正從煙囪頂端往

下溜，進來參加平平的聖誕派對！

大家開心快樂玩到天亮，才依依不捨的回家。

平平意猶未盡，在夢中繼續玩耍。

第二天早上，聖誕節當天，媽媽在儲物間的衛生紙堆找到他的時候，呼呼大睡的平平，左手抱著禮物、右手抓著聖誕老公公給他的卡片，臉上露出滿足的微笑。

5

紅毛聖誕猴

小約今年八歲，他的小床上擺了好幾個絨毛玩具：大老爹青蛙、聖誕老公公、紅鼻子馴鹿、大鼻子棕熊和渾身紅通通、穿著綠背心的紅毛聖誕猴。

小約每天晚上睡覺，左手抱住大老爹青蛙、右手攬著聖誕老公公、左腳跨在大鼻子棕熊的肚子上、右腳勾住紅鼻子馴鹿，被玩具包圍的感覺，真是溫暖又舒服。

紅毛聖誕猴獨自窩在小床角落，因為他的身體小小圓圓一球，不容易抱，不小心壓到，還會不舒服，只好委屈他坐在角落。

紅毛聖誕猴的滿頭紅髮中，露出兩根黑色小犄角、皺巴巴的臉上綴著兩顆大眼睛、長長的手臂垂在身體兩邊、短短小腿往前伸出，腳底板寫了幾個英文字。

小約看不懂這幾個英文字，不過，姑姑送他這隻紅毛聖誕猴的時候，教他念過好多次，也跟他講解過意思。

每天晚上看著小約抱著大家入睡，紅毛聖誕猴愈來愈難過、愈來

愈生氣：為什麼他們都有小約愛、有小約抱，只有我孤孤單單縮在小床角落？

過一陣子，小約發現紅毛聖誕猴不見了，他翻遍整個房間都沒看到。爸爸說：「那是你出生那年的聖誕節，姑姑從國外買回來送給你的紅毛聖誕猴，不好好珍惜，下次姑姑就不買玩具給你。」

小約嘴巴嘟得好高，其實他很愛紅毛聖誕猴，捨不得弄壞他，特別珍惜他，才會把他擺在角落，免得弄髒他。

沒想到紅毛聖誕猴竟然不見了，早知道就多抱他、多跟他玩，不要害怕弄壞他。

姑姑知道這件事之後，為了安慰小約，兩個人躲進小閣樓，寫信給聖誕老公公，請他幫忙找回紅毛聖誕猴。

聖誕節前一天早晨，天空陰暗、冷風颼颼，星星幼兒園美術教室，小朋友正在畫畫。

美術老師指導小朋友畫聖誕老公公、馴鹿和小精靈，一個穿綠色背心的陌生紅髮男孩突然出現在教室裡。

紅髮男孩擠到老師旁邊，要老師教他畫馴鹿，老師說：「乖乖排隊，等老師教這幾個小朋友畫好聖誕老公公，再教你畫馴鹿，好不好？」

紅髮男孩尖叫著要老師先教他，老師板起臉孔說：「你要乖，聽話，否則老師要罰你站在牆角，不准畫圖！」

紅髮男孩一聽到要被處罰站在牆角，氣得把顏料罐和圖畫紙全部掃到地板上，接著拿起蠟筆在牆壁上塗鴉。

整間教室被他搞得亂七八糟，老師大聲阻止他，有些小朋友被嚇到哭；有些小朋友不知道事態嚴重，拍著手說：「哇，好酷，好帥！」

園長接到報告，跑進教室，叫老師趕快把小朋友帶開，指著紅髮男孩，要他乖乖坐下，紅髮男孩以為園長要打他，跳上窗臺，推開窗戶，一溜煙就消失無蹤。

紅髮男孩在路上橫衝直撞，好幾輛車子為了閃避他而緊急煞車，幸好沒有發生車禍；幾個駕駛下車吵架，造成交通大打結。

紅髮男孩沒停下來道歉，快跑著穿過公園，鑽進巷子裡的幸福超市。

紅髮男孩肚子餓了，跑到食物區，吃了一根香蕉、兩個柳橙，又打開看起

來很美味的芥茉醬吃了一大口，被芥茉醬嗆得連連咳嗽，急著找東西解辣。

紅髮男孩找到一瓶透明的、看起來很清涼的高粱酒，轉開瓶口，咕嚕咕嚕喝下好幾口，天哪！高粱酒比芥茉醬還要辛辣，嚇得他大聲尖叫，在貨架上盪來盪去，顧客嚇得紛紛走避。

店長指揮工作人員：「把他圍在牆角，捉住他交給警察。」

工作人員隨手拿起電蚊拍、大湯瓢、掃把、小棵聖誕樹、洗髮精和三星蔥……他們揮舞手中的工具包圍紅髮男孩。

紅髮男孩身手矯捷，從裝扮成聖誕老公公的工作人員胯下溜過，

竄進後方的工作區，從後門逃走。

紅髮男孩跑到旁邊小公園的公共廁所，就著水龍頭喝自來水，一直喝到肚子脹起來，再也喝不下，嘴巴的辣味才稍稍緩解。

下午，舞嫦國小的小學生正在打掃，體育館外的打掃區，有幾個男生拿起竹掃把和畚箕，打來打去，鬧成一團，跟他們一起打掃的女生警告說：「你們再不好好打掃，我就報告老師。」

男生不但不聽勸，還對女生做鬼臉：「嚇死人，告密鬼來啦！好恐怖！我好害怕！哈哈哈！」

一個男生說：「今天是聖誕夜，老師放學後要負責聖誕晚會的表演，哪有時間聽你告狀？」

另一個身材瘦削的男生也附和：「鬼叫什麼？再鬼叫就全部丟給你們打掃，告密鬼！」

在旁邊觀察了好一會兒的紅髮男孩，翻過圍牆，撿起竹掃把，跑到那些男生中間，對他們說：「男生欺負女生，好丟臉！敢不敢跟我比一比，看誰厲害？」

帶頭的阿洛瞧了他一眼，估量自己的身材比他高壯，一定可以打贏他，就指揮大家：「阿猴、阿毛圍住左邊；阿斗、菜頭包圍右邊；捲毛負責後面，用蜘蛛網攻勢把他逼到牆角，別讓他溜掉。」

紅髮男孩聽到「牆角」兩個字，臉色大變，掄起竹掃把，三兩下就把三個男生打趴在地，另外兩個男生看情況不對，要跑去找老師，也被紅髮男孩用竹掃把絆倒，跌了個大馬趴。

女生尖叫著跑走，等到她們帶著幾個男老師跑過來，紅髮男孩早就不見蹤影，只看見那幾個男生渾身髒兮兮、臉上手上青一塊紫一塊，拿著竹掃把認真打掃。

老師問：「搗蛋的壞孩子在哪裡？」

幾個男生推來推去，帶頭的阿洛一副可憐兮兮的模樣說：「他威脅我們，如果敢講出他是誰、往哪裡跑走，就要我們好看！」

幾個老師交頭接耳商量了一下，決定把他們帶到校長室，讓校長傷腦筋。

下午六點多，下班人潮湧入動物園捷運站，好多人已經換上化妝舞會的裝扮，搭乘捷運趕著去參加舞會。

紅髮男孩躲在兩位裝扮成馴鹿的大人中間，混進車站、鑽進車廂，先是霸占了兩個座位，整個人横躺在座位上。

一個歐吉桑勸他讓坐，他對歐吉桑做了個大鬼臉，並且從座位上彈起來，雙手捉住扶手鐵桿，兩隻腳也跨上去，表演單槓絕技，希望大家稱讚他。

紅髮男孩在鐵桿上翻滾、從這根鐵桿盪到另外一根，不但沒人為他喝采，還紛紛發出討厭害怕的噓聲。

他好生氣，把一個乘客手提袋裡的壽司盒搶過來，跳上行李架。

一個高中男生好心提醒他，捷運車廂內不可以吃東西，紅髮男孩以為高中生在罵他，拿起兩塊壽司砸過去，高中生往旁邊閃，兩塊壽司不偏不倚砸在一個婆婆頭上。

婆婆晚上要在聖誕音樂會演唱詩歌，剛剛才從美髮院出來，這頭造型完美的捲髮花了她五千塊錢和五個半小時，現在，壽司把頭髮打壞，肉鬆散落在她臉上，她氣壞了。

婆婆一時理智斷線，把手中的礦泉水朝紅髮男孩丟過去，紅髮男孩往旁邊一躲，礦泉水砸中一個小姐後腦杓，痛得她哇哇大叫！

婆婆發現自己闖禍了，兩隻手摀住嘴巴，一臉驚嚇！

整節車廂一片混亂，尖叫聲四起！

幸好列車剛好進站，車門一開，大家急急忙忙逃出車廂，其他車

廂的乘客看見這裡一團亂，不由得跟著尖叫、慌張逃跑，捷運工作人員搞不清楚發生什麼事，忙著疏散慌亂的乘客。

紅髮男孩順利混在人群中偷偷溜掉，只有那位頭髮被弄亂的婆婆站在原地，跟迅速趕來的警察報告事情原委，她也想跟被她砸中後腦杓的小姐道歉，但是左看右看都找不到那位小姐，她非常懊惱！

因為氣憤而做錯事的感覺非常糟糕，她的臉和頭髮，全都垮下來了！

紅髮男孩跟在一家人後面，混出動物園捷運站，來到愛奇鴨傢俱店，在店裡東逛西晃。

兒童玩具區讓紅髮男孩大開眼界，這裡有各式各樣的玩具，還有上百款兒童床組，其中一張小床好眼熟，他覺得好親切。

他蹦上床，窩在床上不動，枕頭好軟、棉被好舒服，床上還有星空圖案頂篷！

他翻個身，發現小床的角落，塞了一隻咖啡色小布猴，小布猴的臉正對牆壁，好像在面壁思過！

看到面壁思過的小布猴，紅髮男孩的脾氣大爆發，翻身跳下床，在店內翻滾衝撞，顧客嚇得連忙閃避。

他來到絨毛玩具區，把一整籃大老爹青蛙傾倒在地、抓起一隻隻

紅鼻子馴鹿當飛鏢射、一大箱正在特賣的聖誕老公公布偶和大鼻子棕熊也被他丟滿地。

旁邊的小朋友都被紅髮男孩嚇哭，家長們拉著自己的小孩，快速離開現場。

絨毛玩具區空蕩蕩，紅髮男孩覺得好無趣，跳上一根橫桿前後翻滾，盯著滿地絨毛玩具瞧，他們跟小約小床上那幾隻絨毛玩具長得一模一樣。

紅髮男孩跳下來，拉拉大老爹青蛙的腿、戳戳紅鼻子馴鹿的大鼻子、扯了一把聖誕老公公的鬍子，最後又把大鼻子棕熊拿起來仔細瞧。

沒錯，小約每天晚上抱在懷裡、壓在腳下、枕在臉頰旁邊的絨毛玩具，一點都不稀奇，在這家店裡堆積如山，平凡得很，只有我是獨一無二的。

紅髮男孩又跳上橫桿倒掛著，得意的偷笑。

這時候，一個背著老虎背包的小男孩，出現在紅髮男孩背後，他看見橫桿上紅髮男孩光著的腳底板，寫著幾個字，就大聲把這幾個字唸出來：「Kiss me, I'm yours. Merry Christmas!」

紅髮男孩聽見這句熟悉的話，轉頭一看，那不是小約嗎？他怎麼會在這裡？

小約走近紅髮男孩，伸出雙手，說：「Kiss me, I’m yours. Merry Christmas!」

紅髮男孩兩隻手抱住臉龐，大聲尖叫，「咻！」的一下子，變回紅毛聖誕猴，在空中轉了幾圈，掉進小約懷裡。

小約親吻他髒舊的臉頰，緊緊抱住他，對他說：「你是我的紅毛聖誕猴，我要帶你回家。」

一個家長帶著幾名警衛跑過來，搜索每個角落，他們沒看見紅髮男孩身影，又往另外一區跑去。

姑姑也急急忙忙從蠟燭區跑過來，一把抱住小約，說：「我以為你走失了，正準備報警。剛剛有人說玩具區有壞孩子耍賴，嚇我一大跳，你沒有受傷吧？」

小約說：「是我的紅毛聖誕猴耍賴，我找到他了，今天晚上我要抱著他睡覺。」

姑姑說：「這不是姑姑送給你的紅毛聖誕猴嗎？你不是搞丟了嗎？怎麼會在這裡？」

小約說：「我也不知道他是怎麼跑來這裡的，不過，這真的是我的紅毛聖誕猴。你看，左邊屁股有點脫線、後腦杓有點禿，腳底板還

寫著：Kiss me, I'm yours. Merry Christmas !」

姑姑說：「真的是他！找回來就好，這回你可要好好珍惜他，別再弄丟。」

搭公車回家途中，姑姑告訴小約，那年她到歐洲旅行，在芬蘭聖誕老人村度過歡樂時光。

聖誕老人村的每一家商店，擺滿數不清的聖誕禮物，但是姑姑被這隻紅毛聖誕猴腳底板寫的幾個字吸引，她拿起來仔細端詳。旁邊一個老先生誇獎她：「選得好」，她回頭一看，是慈祥和藹的聖誕老公公。

「他是真正的聖誕老公公嗎？」小約問。

「那裡是聖誕老人村，所有工作人員都穿著聖誕老公公裝。不過，他跟其他人不一樣，特別親切和藹，如果他不是老闆，就很可能是真正的聖誕老公公，我就是從他手中買下這隻紅毛聖誕猴。」姑姑回答。

小約說：「如果姑姑早一點告訴我這個故事，我一定更加珍惜紅毛聖誕猴，不會把他搞丟，不會讓他迷路回不了家。」

「現在知道也不遲，好好珍惜他，聖誕老公公一定是收到你的信，幫你找回紅毛聖誕猴，這是聖誕老公公送給你最棒、最特別的聖誕禮物！」姑姑說。

小約點點頭，緊抱紅毛聖誕猴。

回到家，一進小約房間，紅毛聖誕猴眼睛瞬間瞪大：牆角旋轉椅上有一隻超大隻的聖誕老公公布偶；棉被套上畫著至少一百隻怪模怪樣的馴鹿；床上躺著小王子和狐狸布偶。

這些新來的傢伙，來跟他搶小主人小約的愛，紅毛聖誕猴看著他們，心中的妒意又開始加溫。

小約把紅毛聖誕猴放在聖誕老公公懷裡，說：「被聖誕老公公抱著，很溫暖很舒服吧。」

小約又把紅毛聖誕猴跟小王子擺在一起，說：「你們兩個都很帥，要當好朋友。」

接著又讓紅毛聖誕猴在床單上打滾，告訴他：「這些馴鹿都是你的好夥伴，如果你想去北極找聖誕老公公，他們可以帶你去。」

小約帶著紅毛聖誕猴跟大家一起玩，大夥兒一起擠在小床上，好

溫暖好舒服。

紅毛聖誕猴決定停止嫉妒，不再比較小約比較愛誰，開心跟大家相處，快樂享受在小約身邊的每一天、每一夜、每一分、每一秒。

當然，如果小約堅持他的最愛就是脫線、掉毛的紅毛聖誕猴，那就太好了。

6 最棒的聖誕卡片

虎斑貓麗莎吃過早餐，把已經打包裝箱的萬聖節裝飾品搬到儲藏室，順便檢查旁邊幾箱聖誕節裝飾品，把胡桃鉗娃娃、聖誕老公公音樂盒和戴著聖誕帽的小丑掛飾拿出來布置，她好像聽見聖誕節的腳步聲愈來愈近。

今天是十一月第一個星期六，麗莎貓昨天下課前就邀請狐狸狗米蓋，到文具店「考察」聖誕卡片。

米蓋狗說：「現在就要去書店看聖誕卡片？你的動作會不會太快了？搞不好書店還沒把聖誕節卡片擺出來。」

麗莎貓說：「怎麼會太早？萬聖節過後，書店就會擺出聖誕卡

片，愈早開始考察聖誕卡片，就愈能感受到聖誕節氣氛。」

米蓋狗說：「你說得對，明天早上十一點，來我家接我。不！還是約十二點好了。記得十一點鐘先打電話叫我起床，我習慣週末睡得晚晚晚，上學每天都睡不夠，週末當然要睡飽，早餐午餐一起吃，吃飽睡飽人生好。」

麗莎貓吃過早餐、看了英國大作家狄更斯的《聖誕頌歌》、又把聖誕音樂唱片聽了兩輪，時鐘才走到十一點。

麗莎貓打電話給米蓋狗，他果真還在睡大頭覺，電話整整響了三十三聲，米蓋狗才把電話接起來，只要一放假他都睡到天昏地暗，大好的放假時光都睡掉了，真不知道他的「不如意算盤」怎麼打的？

他倆來到珍珠書店，暹羅貓老闆早就把聖誕卡片擺上架子，就像「花卉博覽會」的各種花兒，繽紛多采、各有特色，讓人眼花撩亂，難以決定。

米蓋狗拿起附有月曆的樹精靈圖案卡片說要送給媽媽；畫著熱氣球的卡片送給爸爸；立體聖誕樹卡片送給狼狗菲立蒲；附有彈簧的馴鹿卡片，送給吉娃娃彼得最適合；需要自己動手組合的蹺蹺板卡片，準備送給手指靈巧的松鼠馬諾林……

最後，米蓋狗又挑了幾張雲彩紙、幾張貼紙和彩色筆。

在文具店逛了兩個多小時，米蓋狗買了三十多張聖誕卡片送給親朋好友，可是，沒有一張要送給麗莎貓。

這是怎麼回事？

麗莎貓不是米蓋狗從小一起長大的好鄰居嗎？

他倆不是最麻吉的同班同學嗎？

他們不是感情最棒的好朋友嗎？

為什麼米蓋狗沒有買卡片給麗莎貓呢？

麗莎貓問：「現在才十一月，你就買這麼多卡片？會不會太誇

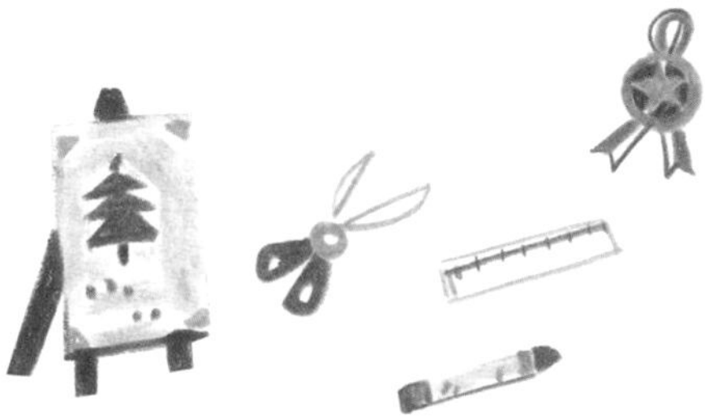

張？我們今天只是來考察，沒有要買呀！」

米蓋狗說：「既然花了大把時間來挑選卡片，總得多買幾張。」

米蓋狗跟麗莎貓對看幾秒鐘，說：「你一定很納悶，為什麼我沒有準備要給你的卡片，對吧？」

麗莎貓說：「有什麼好奇怪的？我也沒買卡片給你呀！」

米蓋狗瀟灑的說：「沒錯！我們是最好的朋友，每天都見面，不需要再寫無聊的卡片！走走走，天黑了，我肚子餓扁了，到我家吃晚餐，媽媽說今晚要煮義大利麵。」

麗莎貓假裝很開心的說：「太棒了！我的肚子早就餓得咕嚕咕嚕

叫了。」

麗莎貓回家之後，為了這件事情，躲在房間裡難過很久，米蓋狗和他的爸爸、媽媽不也每天都見面？為什麼他要送卡片給他們，卻不送卡片給我？

不過，她想起米蓋狗買了幾張雲彩紙和畫圖工具，「該不會是要親手做一張最特別的卡片給我？」麗莎貓心中又充滿了希望和期待，樂觀的她總是抱持信心，不輕易失望。

第二天上學，麗莎貓看到米蓋狗從書包拿出一大疊卡片，在卡片上寫字、畫圖，在信封上寫地址。

麗莎貓不想靠近米蓋狗、不想知道他有沒有準備卡片給自己，她害怕自己沒辦法接受事實。

麗莎貓拿出聯絡簿，老師規定每天都要寫一百字小日記，她決定寫這件事：今年聖誕節，誰會收到聖誕卡片、誰不會收到聖誕卡片呢？我想，只有「怪咖」不會收到聖誕卡片。

那麼，誰是「怪咖」呢？

麗莎貓抬起頭，看著班上幾個公認的「怪咖」：小上狗保羅正在挖鼻屎，還把挖出來的鼻屎搓成小圓球，一口吃下去，好噁！

貴賓狗蘇珊娜又在梳理捲翹的短毛，梳下來的毛球散落在地上，從來不清理，好懶！

小倉鼠約翰抱著香酥仙貝，啃啃啃，嘰嘰呱呱的聲音像魔音穿腦，好煩！

渾身長滿蝨子的波斯貓湯瑪士，被隔絕在透明壓克力箱子裡，拼命抓癢，好髒！

米蓋狗還在寫卡片、畫信封，好幾個同學圍在他身邊，拍他馬屁！

麗莎貓看著他們，忍不住想：誰會寫卡片給這些「怪咖」？

糟糕，米蓋狗怎麼被自己列入「怪咖」一族了？

敏感又小心眼的自己，會不會也是大家眼中的「怪咖」？

麗莎貓突然想到，自己從來沒收到過聖誕卡片，連生日卡片也沒收到過。在同學眼中，她肯定是個「大怪咖」！

雖然米蓋狗沒有準備卡片給麗莎貓，可是，麗莎貓也沒有準備卡片給米蓋狗。

雖然麗莎貓沒有零用錢，只能到書店考察卡片、感受聖誕氣氛，但是她會畫圖，為什麼總是用「沒有零用錢」當作藉口，從來不送卡

片給米蓋狗、或是其他同學呢？

麗莎貓繼續往下想：如果從來沒收過卡片的「怪咖」，生平第一次收到聖誕卡片，一定會非常開心。

米蓋狗沒有準備麗莎貓的卡片，讓麗莎貓傷心難過好幾天，卻也讓麗莎貓徹底反省，準備大刀闊斧修正「錯誤」，一百八十度大反轉改過。

接下來幾天，麗莎貓努力做卡片，準備送給她心目中從來沒收過卡片的「怪咖」。

她絞盡腦汁畫圖、思考溫馨的祝福句子，最後簽上「聖誕老公公」的大名，信封上還畫了十二隻馴鹿和一隻小黑貓。

麗莎貓認為，從來沒有收過聖誕卡片的「怪咖」，突然收到署名聖誕老公公的卡片，一定會開心得在地上打滾一百圈吧。即使只是冒牌的聖誕老公公，也要在卡片中寫上最貼切的內容、最適當的祝福。

麗莎貓很認真觀察那幾個「怪咖」的優點。小土狗保羅雖然很喜歡挖鼻屎、吃鼻屎，但是他很認真打掃，地板掃得很乾淨，麗莎貓誇他是「宇宙無敵清潔先生」。

貴賓狗蘇珊娜雖然每節下課都不厭其煩的梳理捲翹短毛，但是她畫的圖畫顏色鮮豔、線條流利，麗莎貓說她以後一定是個「大藝術家」。

小倉鼠約翰雖然每天吃個不停，就連同學吃不下的便當，他都會幫忙吃光光，絕不浪費食物，麗莎貓封他為「節能減碳第一把交椅」。

波斯貓湯瑪士身上的蝨子清乾淨了，志願擔任「清除蝨子義工」，安慰長蝨子而被隔絕的同學，麗莎貓說他是「有外交長才的貼心大使」。

那隻一直把頭縮在殼裡的小烏龜阿儒，每天都從殼裡偷看大家，不知道他在想些什麼？不知道他喜歡什麼？

麗莎貓想了很久，終於想到最恰當的祝賀詞——默默守護大家的神祕小天使。

要不要也畫一張卡片送給米蓋狗？

麗莎貓想了很久，難以決定。

十二月二十三日，貓頭鷹老師宣布：明天一大早，老師會在桌上放聖誕卡片箱，大家把寫好的卡片放進去，最後一堂課，老師會把卡片分送給大家。

十二月二十四日當天，麗莎貓起了個大早，第一個到校，把卡片一一投進卡片箱。

最後一堂課，貓頭鷹老師請大家喝熱巧克力、吃布朗尼蛋糕和馬鈴薯餅，接著打開卡片箱發卡片。

班上那幾個公認的「怪咖」，以為自己跟往常一樣，不會收到卡片，所以也沒準備卡片，他們對於這種「無聊的活動」意興闌珊，當貓頭鷹老師念到他們的名字，他們都露出驚訝的表情。

其他同學還以為自己耳屎太多，聽錯名字！

大家都想不通，究竟是誰送卡片給這些「怪咖」？

太陽打西邊出來？

天空下起紅雨？

那幾個「怪咖」不可置信的上臺，驚喜的收下卡片，懷抱好奇心打開卡片，看到卡片下方的署名「聖誕老公公」，害羞得露出靦腆笑容。

看到他們把卡片抱在胸前，露出幸福的表情，麗莎貓真想跳上去擁抱他們，祝福他們：聖誕快樂，每天都快樂。

「小豬毛毛，你的卡片。」

貓頭鷹老師叫到小豬毛毛，表情有些驚訝，誰會送卡片給小豬毛毛？

他個性超孤僻、脾氣更怪異，沒吃飽就會生氣，念書做事不積極，欺負同學超有力。

小豬毛毛扭著肥肥大屁股，不甘不願上臺領卡片，回到座位之後，撕開封套，隨便看一下，就塞進便當袋，抱怨著：「討厭！是誰假冒聖誕老公公送我卡片？我不稀罕卡片，最討厭收到卡片，煩死了！」

小豬毛毛戳戳旁邊白鼻心阿彥：「你知道是誰假冒聖誕老公公送

卡片給我嗎？」

白鼻心阿彥說：「聖誕老公公送卡片給你，是你的福氣，他就沒送給我，不公平，我寧可用我收到的這幾張卡片換你那張。」

「什麼福氣？我才不稀罕，你想要卡片，這張送給你。」小豬毛毛從便當袋拿出卡片，丟給白鼻心阿彥。

白鼻心阿彥才看一眼沾到湯汁的卡片，就把它丟回去給小豬毛毛：「討厭！不喜歡的東西幹嘛丟給我？好噁心。」

卡片沒有丟準，掉到地上，小豬毛毛一腳踩住

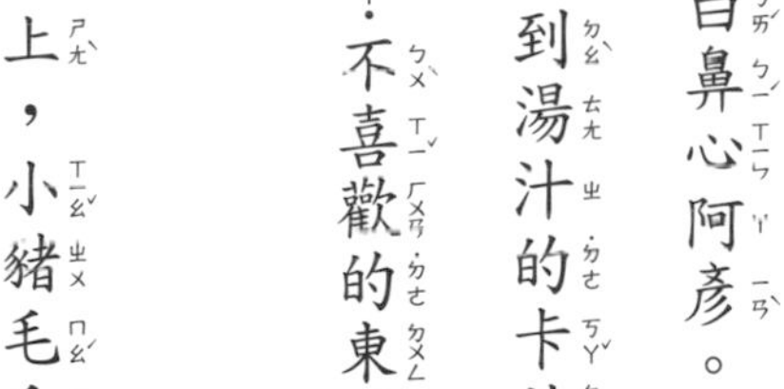

卡片，一點都不想撿起來。

麗莎貓在旁邊聽到小豬毛毛和白鼻心阿彥的對話，又看到精心繪製的卡片被小豬毛毛踩在腳底下，瞬間就像洩了氣的皮球，趴在桌上。

麗莎貓當然記得自己如何誇獎小豬毛毛——足球天王。

小豬毛毛最會踢足球，他的鼻子是把足球頂進球門的最佳武器，現在足球天王把她精心繪製的卡片踩在腳底下，傷透她的心。

坐在最後面的土狼阿乖，偏偏在這時候開口說：「大家有沒有發現？收到聖誕老公公卡片的，都是班上的怪咖？搞不好是他們自己寫卡片給自己，臉皮超級厚，無聊當有趣。」

麗莎貓聽到土狼阿乖講出這樣的話，嚇壞了！

她以為畫卡片給他們是對這些同學好，沒想到反而更凸顯他們的「怪」，也顯示出麗莎貓其實是在「可憐」這些怪咖同學？

米蓋狗收到二十多張聖誕卡，也拿到一張署名「聖誕老公公」的卡片，他看到卡片上的圖畫，有點像是麗莎貓畫的；他再看到往右偏斜的字跡，高度懷疑是麗莎貓寫的；等他注意到信封上那隻小黑貓，沒錯！這肯定是麗莎貓送給他的卡片。

米蓋狗真的把麗莎貓丟在腦後，他送出十多張卡片給班上同學，卻沒有寫給麗莎貓。

也許，麗莎貓在他身邊太久，他把麗莎貓當成空氣、當成白開水、當成可有可無的路人甲？

貓頭鷹老師說：「虎斑貓麗莎的卡片。」

麗莎貓愣了一下，我也有卡片？

原來是小烏龜阿儒畫給她的卡片。

卡片正面是全班同學在聖誕樹下開心歡笑的畫面，小烏龜阿儒用工整的字體寫著：

麗莎貓，你好：

雖然我們不算好朋友，沒有一起慶祝過生日，也沒有一起吃過午餐，但是我喜歡你的燦爛笑容，祝福你聖誕快樂。

小烏龜阿儒敬上

小烏龜阿儒正把頭伸出來偷看麗莎貓，一發現麗莎貓對著他笑，馬上縮回殼裡，一顆心跳得好快，麗莎貓的心，也跳得好快好快！

她剛剛才被小豬毛毛和土狼阿乖聯手推進萬丈深淵，嘗到苦澀無比的難過滋味；現在卻被小烏龜阿儒的卡片拉上天堂，體會到被關心、被在乎的喜悅。

麗莎貓的心情好複雜，一下子開心得想要大笑、一下子難過內疚得想哭。

貓頭鷹老師說：「小烏龜阿儒的卡片。」

阿儒的頭猛然伸出來，大聲說：「我也有卡片？」

小烏龜阿儒第一次在教室這麼大聲說話，當他發現大家都盯著他看，害羞得縮回龜殼。

麗莎貓決定「好人做到底」，代替他上臺領卡片，把卡片放在他身邊，說：「謝謝你，阿儒。」

小烏龜阿儒害羞得連他的殼都變紅了！

等他終於鼓起勇氣拆開卡片，他的臉更紅了，因為他一直都很喜歡麗莎貓，常常注意麗莎貓，馬上就明白這張署名「聖誕老公公」的卡片，就是麗莎貓的筆跡，麗莎貓說他是默默守護大家的神祕小天使，讓他開心得飛上天。

下課鐘聲響起，全班度過熱鬧的聖誕同樂會，吃飽喝足，帶著愉快的心情放學。

幾天之後，麗莎貓收到米蓋狗補送的新年卡片，她開心接受，也把這張遲到的卡片跟小烏龜阿儒送的那張放在一起。

她跟米蓋狗還是很好的朋友，還是會一起逛書局、文具店。不過，她也慢慢學會把時間分出來，念書給小烏龜阿儒聽；跟蝨子已經清除乾淨的波斯貓湯瑪士一起爬樹；陪爸爸一起在院子裡種香草；跟媽媽一起逛街喝下午茶。

麗莎貓再也不把「怪咖」這個詞冠在同學身上。

她深刻反省之後體會到：老覺得同學是「怪咖」，其實自己才是超級大怪咖！

她試著關心每一個同學，對於全身帶刺、每天都好像火山快爆發，不讓同學靠近的小豬毛毛，她也能體諒他，偶爾才去打擾他。

麗莎貓不知道的是，小豬毛毛回家以後，把「聖誕老公公」送的卡片，裝進透明塑膠袋、貼在書桌前方，他很開心收到卡片，這是他這輩子收到的第一張聖誕卡。

麗莎貓猶豫了好久，才鼓起勇氣寫信向聖誕老公公道歉，說她假冒聖誕老公公的名字，寫卡片關心、鼓勵同學，請聖誕老公公大人不計小人過，一定要原諒她。

第二年聖誕節前一個月，麗莎貓正在操心到底要寫卡片給誰？全班每一個同學都要寫嗎？還要再寫給小豬毛毛嗎？署名要寫麗莎貓、還是聖誕老公公呢？

萬一被認出字跡，發現去年那個聖誕老公公的簽名，其實是自己的簽名，會不會被說愛現又厚臉皮呢？

一大堆莫名其妙的煩惱充斥在麗莎貓心頭，把她搞得心煩意亂。

結果，貓頭鷹老師宣布新的送卡片規則——先抽籤決定要送卡片給誰，一人寫一張卡片就好。

麗莎貓聽了老師的規定，鬆了一口氣，要不是貓頭鷹老師這樣規定，她哪有時間做三十六張卡片送給全班同學和貓頭鷹老師？

聖誕節那天，貓頭鷹老師跟全班同學度過快樂的聖誕同樂會，麗莎貓精心製作的聖誕卡片送給小狐狸豆豆；她也收到米蓋狗送給她的超華麗卡片，不但是立體卡片，還是會唱歌的音樂卡片。

米蓋狗剛好抽到麗莎貓，真是太巧合了！

放學回到家之後，麗莎貓坐在書桌前，看著米蓋狗送給她的卡片，聽卡片播放的聖誕音樂。

「叩叩叩，叩叩叩。」

是誰在敲她的窗？

麗莎貓看著窗子，是小白鴿在敲她的窗，發現麗莎貓轉頭過來，就把嘴巴叼著的卡片放在窗臺上，拍拍翅膀飛走了。

麗莎貓打開窗子，拿起卡片，剛剛那隻幫她送卡片來的鴿子，已經不見蹤影了。

卡片封套上貼著漂亮的外國郵票，還有麗莎貓的簡筆畫像，她打開卡片，一看到署名，就開心大呼：「是聖誕老公公寄給我的聖誕卡！這是我收到過最棒、最特別的聖誕禮物！」

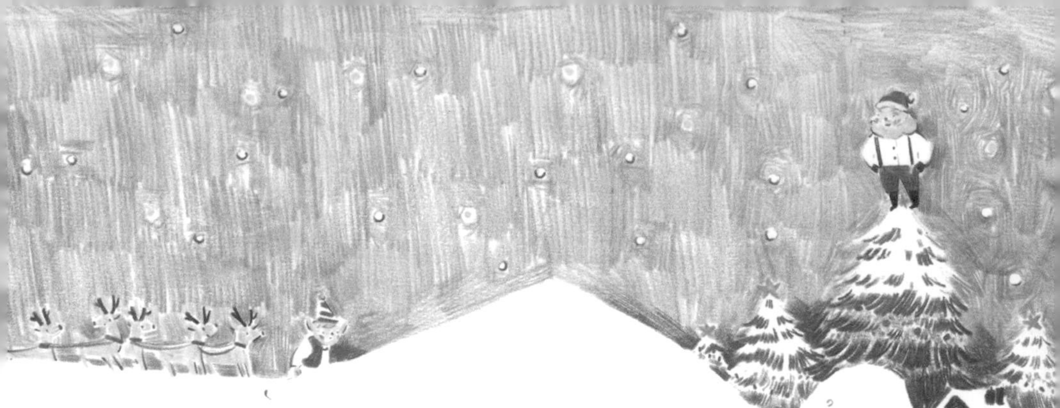

說說你的——

小心願 大訂單 超級任務

焦柏諭，臺北市龍安國小三年級

今年聖誕節，我有個小心願，天空降下巧克力小熊和糖果雨。我要對未來下個大訂單，希望每天都放假。我期望小貓精靈幫我實現超級任務，我要跟著貓咪朋友們，一起出發去旅行。

洪子茵，臺南市東光國小六年級

今年聖誕節，我有個小心願，在明年母親節學校表演甄選，跟好朋友一起參加並入選。

我要對未來下個大訂單，希望以後可以跟我的好朋友一直同班，成為超級、超級、超級好朋友。

我期望聖誕公公幫我完成超級任務，消除我的好朋友上次邊笑邊跟我說「你運動服前後穿顛倒」的記憶。

劉思源，出廠三十二年的故事製造機

今年聖誕節，我有個小心願，手腳的扭傷拉傷通通都好了，不再有老太太、老爺爺讓座給我。

我要對未來下個大訂單，再沒有戰爭、饑荒、瘟疫，人們不論吵得多麼兇，都要彼此相愛，決不打架。

我期望耶穌幫助我完成超級任務，手上的、腦中的所有故事進行式都變成完成式，而美好的未來式已朝我奔來。

馬孟平，臺南市和順國小老師

今年聖誕節，我有個小心願，受邀參加二〇二〇年日本東京奧運開幕式。

我要對未來下個大訂單，得到奧運黃金貴賓席。

我期望聖誕帥公公幫我達成前往東京 Long Stay 一個月的超級任務。

姜秋蘭，臺南市吉貝耍國小校長

今年聖誕節，我有個小心願，明年六年級畢業之前，吉貝耍孩子達標一百場大大小小的表演，完成圓夢計畫，出國表演，放眼國際。

我要對未來下個大訂單，希望吉貝耍孩子可以深耕西拉雅文化，成為超級棒的西拉雅文化傳承者。

我期望聖誕公公幫我完成超級任務，讓吉貝耍孩子學會感恩惜福，共同珍惜一起圓夢的辛酸，留下小學最美的回憶。

黃筱茵，兒童文學工作者

今年聖誕節，我有個小心願，希望每個夜裡都看到玫瑰綻放。

我要對未來下個大訂單，美麗的花雨，落在遙遠的山巔還有夢的國度。

我盼望掌管大地的彩色精靈們幫我完成超級任務，讓鯨魚在海底安心入睡，等牠們起床的時候，就能開心的跟蔚藍的世界道早安。

桂文亞，兒童文學作家

今年聖誕節，我有個小心願，把自己變成一張聖誕卡，到處送祝福。

我要對未來下個大訂單，遍遊全世界，吃喝玩樂不花一毛錢！

我期望神仙老婆婆領養全臺灣的流浪動物，為牠們打造一座吃得飽，睡得好的超級城堡，而且允許小朋友拜訪「抱抱」的超級任務。

王淑芬，童書作家

我有一個小心願：希望見到的人百分之七十以上都面帶微笑。

我要對自己下一個大訂單：每天至少對一個人說句好話，而且不使用空洞的形容詞，要具體。例如：我今天想對本書的作者王家珍說：「你的童話帶有古典的溫暖氣息，也揉和著一些俏皮的現代感，很有自己的風格。」

我期望至少有百分之七十以上的人都對第二段點頭，並說：「我也要。」大家都成為聖誕老公公，微笑著分送「一秒就能做到」的好話好禮。正在看書的你，也願意幫我完成這個超級任務吧？

現在，換你寫下你的小心願．大訂單．超級任務囉！

試著把你的想法寄給聖誕老公公，說不定能收到來自聖誕老公公的回音！

PARTY

如果你想寫信給加拿大的聖誕老公公，請先準備一個橫式的信封，寫下你的、以及聖誕老公公的地址：

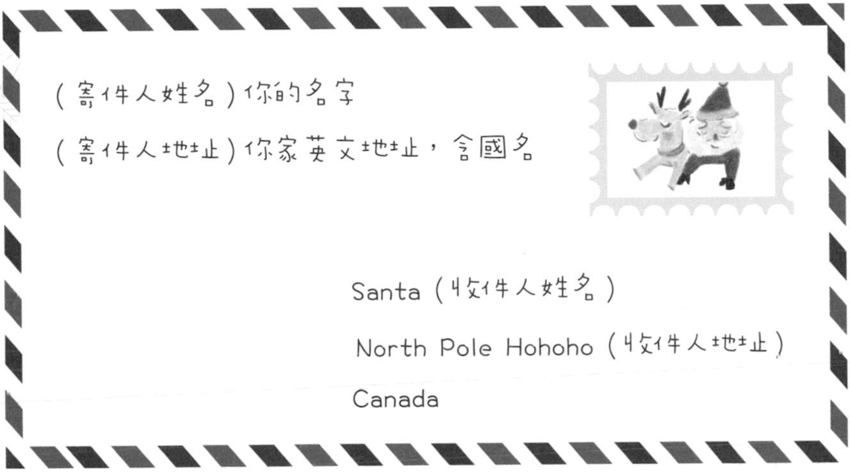

★小提醒：可以上中華郵政全球資訊網查詢，中文地址英譯。

如果你想寄給其他國家的聖誕老公公，收件人及地址如下：

德國

Weihnachtsmann
Weihnachtspostfiliale
16798 Himmelpfort
Germany

芬蘭

Santa Claus
Santa Claus Main Post Office
FI-96930 Arctic Circle
Finland

英國

Santa Claus,
Reindeerland, SAN TA1,
United Kingdom

格陵蘭

Santa Claus Nordpolen,
Julemandens Postkontor,
DK-3900 Nuuk,
Greenland

法國

Père Noël
F-33500 Libourne
96930 Rovaniemi
France

國家圖書館出版品預行編目（CIP）資料

小可愛聖誕工廠：小心願．大訂單．超級任務／
王家珍著；詹廸薾繪．-- 初版．-- 新北市：字畝文
化出版：遠足文化發行，2019.10
面；公分
ISBN 978-986-5505-02-8（平裝）
863.59 108017242

XBWA0002

小可愛聖誕工廠：小心願．大訂單．超級任務

作者｜王家珍
繪者｜詹廸薾

社長兼總編輯｜馮季眉
編輯總監｜周惠玲
副總編輯｜洪　絹
編　　輯｜戴鈺娟
封面設計｜林佳慧
內頁設計｜張簡至真

出版｜字畝文化
發行｜遠足文化事業股份有限公司
地址：231 新北市新店區民權路 108-2 號 9 樓
電話：(02) 2218-1417　傳真：(02) 8667-1065
電子信箱：service@bookrep.com.tw
網址：www.bookrep.com.tw
郵撥帳號：19504465 遠足文化事業股份有限公司
客服專線：0800-221-029

讀書共和國出版集團
社長｜郭重興
發行人兼出版總監｜曾大福
印務經理｜黃禮賢
印務主任｜李孟儒

法律顧問｜華洋法律事務所　蘇文生律師
印製｜成陽彩色印刷股份有限公司

特別聲明：有關本書中的言論內容，不代表本公司／出版集團之立場與意見，文責由作者自行承擔

2019年11月6日　初版一刷　定價：320元
ISBN 978-986-5505-02-8　書號：XBWA0002

8
WordField
字畝文化

Greetings

Merry Christmas
8
WordField
字畝文化